虚构故事集
6 个不同的故事

Translated to Chinese from the English version of A Collection of Fictional Stories

Renuka KP

Ukiyoto Publishing

所有全球出版权归

浮世绘出版社

2023 年出版

内容版权所有 © Renuka.KP

国际标准书号 9789364946551

版权所有。

未经出版商事先许可，不得以任何形式（电子、机械、影印、录音或其他方式）复制、传播或存储本出版物的任何部分。

作者的精神权利已得到维护。

这是一部虚构作品。名称、人物、企业、地点、事件、场所和事件要么是作者想象的产物，要么以虚构的方式使用。与任何实际人物（无论是活着的还是死去的）或实际事件的相似之处纯属巧合。

本书出售时须遵守一项条件，即未经出版商事先同意，不得以任何形式的装订或封面（除出版时的形式外）通过贸易或其他方式出借、转售、出租或以其他方式传播。

www.ukiyoto.com

怀念我的父母

内容

母亲的牺牲 1

一个古老的服务故事	7
夜雨	11
贵妇的哀悼	15
回家	19
她的深红褪色	23

母亲的牺牲

早上八点的时候,艾米听到了开门的声音,她跑过去开了门。萨蒂,仆人来了。

"妈妈,莎蒂阿姨来了。"她呼唤着妈妈。

莎蒂进入大门,沿着房子的侧面走,来到后面的阳台。然后她打开手中的塑料盖,拿出一样东西,放在那里。后来她往里面看了一眼,就叫了出来。

"先生,我在这里!"萨蒂告知了她的情况。

我看到,"进来吧",艾米的妈妈回答道。妈妈在厨房忙碌地准备早餐。

萨蒂大约 65 岁。她是一个健康的女人,面色略白,表情幸福。她每天上班,努力工作,尽力维持生计。艾米的妈妈偶尔会叫莎蒂来打扫院子和周围环境等等。

她从塑料套里拿出一件旧纱丽和一把镰刀。穿上纱丽后,她在外面穿了一件旧衬衫,并在头上绑了一块布遮住头发。

"我儿子把我放在了公交车站的滑板车上。这就是我提早到达的原因,"她说。

艾米的妈妈已经拿来一杯热气腾腾的茶、布丁和香蕉。

"喝点茶然后开始工作吧,"她说。

萨蒂坐在阳台上喝茶。她拿起香蕉,用塑料套包起来,并妥善保管。然后她倒了茶并吃了布丁。她的母亲假装没看见,走进厨房。喝完茶后,莎蒂来到院子里开始工作。她做事很真诚,这一点无需多言。

与此同时,艾米洗完澡、喝完茶后就走到了院子里。

"我的孩子在哪儿?"

"我一直在找你。"莎蒂呼唤艾米。

"洗完澡,去摘草吧,心情好。"

说完这句话她就开始捡草。

"不行,你妈看见了会骂我的。走开。毕竟这会弄脏你的衣服和手,你刚洗完澡就来了。"

"土壤会把你弄脏吗?"艾米惊呼道。

"这不是我的工作吗,艾米宝贝?这就是我所做的。我确实需要钱来生活。"莎蒂回答道。

"那我爸妈有钱吗?"艾米好奇地问道。

"他们有政府工作;政府会付钱给他们。"

与此同时,萨蒂开始修剪草坪和做园艺。艾米
和她一起走。

"草丛里可能有蛇,走开。"莎蒂强迫她从地上站起来。

"那你不害怕吗?"艾米表现出了怀疑。

"我有我的恐惧。而没有钱的人则会因为恐惧和厌恶而饿死。我没有学习过,因此没有任何办公室工作。你的父母去上大学,然后找到了工作"。莎蒂绝望地露出了她的无助。

为什么你没学?

"上大学难道不需要现金吗?宝贝,我们很穷。"莎蒂回答道。

说话间,她马不停蹄地剪着杂草。

"这里有什么大新闻吗?"艾米的妈妈从厨房出来打断了她的话。

"她想和我一起工作。"萨蒂回答道。

"'不,艾米,洗完手脚就进屋。'妈妈强迫她进去。

Amy 正在四处闲逛,采摘一些水果和鲜花

把她的膝盖抬离地面。莎蒂又开始说话了。

"上周日我在 Thressya 女士（她的一位雇主）家里工作。她告诉我一件重要的事情，那就是所有老人都会从政府那里得到相同的养老金。"这是真的吗，先生？"她惊奇地问道，并继续说道。

"给那些上过大学、通过了考试并且在政府部门任职的人发放养老金是合理的。但是特蕾西亚女士说"其他人也在为自己或他人工作，就像在政府统治下一样。"所以，每个人年老的时候，无论在哪里工作，都必须得到养老金。所有老年人都应该受到我们政府的保护。"说着，她满怀期待地看着她。

"先生，难道我就得不到任何东西吗？莎蒂惊呼道！

"萨蒂，现在还不能做出这样的决定。"她答道。

艾米一边摘花，一边听着他们的谈话。

"那我们就让他们给帮助我们的阿姨一笔养老金吧。"

"艾米，你什么都不知道。"闭嘴。"妈妈再次责骂她。

艾米的妈妈开始想'当然，我确实不能做她做的任何工作。如果我像她一样用铲子耕地种菜，做任何工作，我就会开始气喘吁吁。我也知道，所有像我一样的人的存在都是这些人辛勤工作的结果。否则，我们需要一些像传说中的咒语，据说这些咒语是由圣贤维斯瓦米特拉·马哈希（Viswamithra Maharshi）传授给罗摩（Rama）和罗什曼那（Lakshmana）的，以便他们在穿越森林时不会感到饥饿和口渴。或者我们必须从市场上寻找药物来达到这个目的。"

下午 1 点整，妈妈叫 Sati 吃午饭。"Sati 来吃午饭。"
她特意为萨蒂做了咖喱"kalan"。艾米的妈妈特别注重她的喂养。到中午时分，院子就犁干净了。现在它看上去很漂亮。艾米没有从院子里出来。她四处游荡，采集了许多鲜花放在膝盖上。

"为什么都是这些花？"萨蒂问她。

"是的，我可以用这些制作香水。我的一个同学说过，把油放在太阳下加热，就能制成香水。"

这让"balyakala smaranakal"想起了"Madhavikutti"（Kamaladas），其中解释说，Kamala 和她的兄弟曾使用 punnakkaya 制作过这样的香水。

"也给我吧"。说完，莎蒂就去阳台吃午饭了。

艾米高兴地答应了。艾米把腿上收集到的鲜花放到了阳台上，然后走进了厨房。

莎蒂坐在阳台上，一边吃饭一边和妈妈谈论家里的困境。

"我的儿媳正在学校打扫卫生。她将于早上 7 点 30 分离开，并吃前一天吃的咖喱午餐。他们的女儿正在学习护理专业，住在宿舍里。需要很多钱。她还有一个儿子也在读书。她老公，我儿子就是一无是处。我努力维持生计。我的家全部受损，随时可能倒塌。我想要钱来修理这个。这就是我这样奔跑的原因。该村委会已批准了一笔贷款。在开始维修之前，我们需要搬到一个棚子里，而为此我需要钱。这就是我努力工作的原因。

"你儿子帮忙吗？"她妈妈问。

"他得到的水不够喝。"好吧，他是我的儿子，我不能避开他。此外，我还得照顾他的孩子。我该怎么办？"她解释着自己可悲的状况。

萨蒂和儿子待在一起，但儿子根本无心回忆老母亲的痛苦。他白天工作是为了喝酒。晚上，他会醉醺醺地来到某个地方躺下，不吃任何东西，萨蒂会去叫他，但她只会听到他嘴里的脏话。

确实，母亲是一个不求回报地爱着别人的生物的名字。他的妻子对他也没有兴趣，他对她没有任何责任和考虑。

艾米的母亲惊讶地看到这位老妇人为了孩子们如此快乐地工作并负责任,同时她也觉得自己与自己已故的父母有相似之处。她有些遗憾地叹了口气。

萨蒂仍然活跃在工作中。艾米和她在一起。

"艾米,最好还是进去吧,别在那儿跑来跑去。否则,你双手的美丽将会消失。"妈妈责骂了她几句,然后就回屋了。

"我会照顾她的,先生,"莎蒂保证艾米的安全。

两人又开始谈论起什么。萨蒂向她展示了如何通过拔掉棕榈树上生长的藻类来"战斗"。当艾米吃下草丛中的"pottika"果实时,她感到很伤心。她记得母亲讲述的故事"oru desathinte kadha"中的"Sreedharan 的朋友"。后来,艾米在昏暗的灯光下,躺在小屋里一张破旧的垫子上,担心着纳拉亚尼的死。她极其痛苦地向萨蒂讲述了纳拉亚尼的故事。莎蒂虽然什么都不懂,但她用手势回应并不断鼓励她。

到了 3 点半,妈妈准备好茶并叫来了萨蒂。茶点时送来的纸杯蛋糕和饼干都放在塑料袋的盖子里,妥善保管,她没有吃掉。母亲看到这一幕非常生气。

"莎蒂,这是给你的,我会给你的孩子别的东西。"

"当我回来的时候,我的小男孩就会跑向我,看看有没有东西可以吃,我就给他吃。"

母亲听了,又给了她一些。

"不,先生,这就足够了。"莎蒂有些不情愿。

"我还被要求这个星期天去特蕾西亚夫人家。她给我涨了工资。"我希望你也能给我涨 100 卢比。"她恳求道。

"是的,我会的。"妈妈回答道。

莎蒂继续谈论她的雇主特雷西亚夫人。

"她也有困难。有钱人也有苦恼,不是吗先生?"她看起来很惊讶,然后继续说道。

"她的嫂子 Annamkutty 每六个月会得到一笔生活补贴，她会用这笔钱去纺织店或珠宝店购物。而 Thressya 女士没有生活补贴。她说，尽管她工作多年，但没有人给她任何 DA。尽管她拥有所有的财富，但她却在抱怨。"

艾米的妈妈："DA，对于低收入者来说，这是值得的。Annamkutty 和她的丈夫是政府教师，他们也有足够的钱。特雷西玛（Thressiamma）是一位移民。没有人对她的养老金或 DA 负责。"

下午 4 点 30 分，萨蒂完成了工作并准备洗手离开。艾米的妈妈又给了她 100 卢比，她发现萨蒂的钱包里装满了钱。

"你好像有足够的积蓄？"她表示好奇。

"我听说下周会有人来搭建棚子，以便我们搬迁，直到房屋修缮完毕。这房子必须修理。我需要保证所有人的安全，把我们的女儿嫁出去。"萨蒂向她讲述了一件悲惨的情况。

"萨蒂，你这个年纪还承受着这么多的痛苦，我希望至少你的孙子能够记住这一点。无论你为我们的孩子做什么，他们都会认为我们必须这样做。我只是说这些事情要牢记在心。不管怎样，不要花光全部的钱。我告诉所有这些是为了不要与你的家人争吵。我刚才提醒你了。你决定一切"。艾米的妈妈劝告了她。

莎蒂没有时间听她的建议。

"先生，我需要紧急修理那所房子，然后我才能考虑存钱。"她回答道。

然后她就什么也没说了。艾米（Amy）带着一些金木兰（champakka）来到萨蒂（Sati）身边。她的母亲还给了她一些椰子。收拾好所有东西后，萨蒂就急忙出去赶下一班公交车。她必须乘两辆公交车，然后再步行一公里才能到家。她每两个月来这里一次，因为萨蒂的劳动价值在这里受到尊重，而且报酬也令人满意。想到莎蒂的辛苦，艾米的妈妈在心里祝福莎蒂长命富贵。

自己不付出却养育子女，为守护子女而奋力拼搏的"人间神婆婆"！我们这一代人会带着那位母亲去孤儿院和养老院！

当她思考这一切的时候，她发现，正是父母自己，为了自己赚取一切，忘记了将人性传递给孩子，并为他们的痛苦负责。

当萨蒂出去的时候艾米关上了门回来告诉

"阿姨说她回家后会给我打电话"

"嗯，我本来要让她给我打电话。不管怎样，亲爱的，去洗漱一下，"妈妈说，然后和她一起走了进去。

……．

一个古老的服务故事

Aravind 今天非常高兴。再有两个月他就将退役。就在那时，他得到了下次晋升的消息。他多么幸运啊！由于他在退休前得到晋升和调动，因此他被立即解除该职务，并加入总部担任高级警司。

作为准备，他立即开始清理所有未结文件，并整理办公桌上的笔记和旧文件。这时，他注意到一个长长的盖子。他接过它并撕碎了。这个故事是他的一位前辈 Suresh 先生交给他的，让他添加到杂志中，他是该杂志的编辑委员会成员，也是该杂志的负责人。但肆虐的洪水和随后几年接踵而至的瘟疫毁掉了一切。此后该杂志再没有出版。

虽然当时他很忙，但他还是立即拿出来阅读，认为这是他最爱和最尊敬的人送给他的。

"服务故事。

苏雷什慢慢地爬上那座民政局一楼的办公室。虽然有电梯，但并不总是能正常运转。此外，这部电梯曾发生过多次故障，人们在里面窒息了好几个小时。然后消防队必须赶来把里面的人救出来。因此，尽管身体状况不佳，他还是设法到达了办公室的阳台。为游客预留的座位已全部坐满。

每个人脸上都露出焦虑、紧张的神色。无聊的等待。那里只有少数人获得救助等，甚至获得枪支许可证。然后他很不情愿地走进办公室，径直走向了正在处理他的档案的职员的座位。尽管他以前是该办公室的一名职员，但他并不指望得到优先待遇，因为他很清楚，在任何办公室，退休人员都是不受欢迎的。

和往常一样，职员的椅子是空的。就在他失望地站在那里时，旁边的工作人员指着那里的一张旧凳子，请他等一会儿，并补充说他是我们组织的领导，总是很忙。

"组织领导，事情很忙，他总是很忙。就算晚了，他也一定会来的。"

他能做什么？不管怎样，他坐在凳子上，注意着那里的民政中心是如何旋转的。当他等待职员时，一位曾经与他一起工作过的老朋友普拉卡什来了。

"啊，先生，您怎么在这里？好久不见了，你还好吗？"他重新建立了友谊。

"好的，我的申请正在等待处理。我的休假申请书中有一个小错误，我需要更正它并将其发回总检察长办公室。我已经申请了。迄今为止尚未采取任何行动。我想知道它的现状以及发生了什么。

"哦，那么退休了吗？"朋友问道。

"是的，已经两年了。但是我的投降许可仍未得到本办公室的批准。"

"你没问过吗？"

"我来过这里很多次，也通过电话询问过。由于需要进行一些计算，尽管我已经随申请提交了一份更正错误的草稿，以便他们轻松参考，但他们仍将其搁置一旁。我一次又一次地联系主管和办公室主任，但都无济于事。'Yadhaa prajaa thadhaa raja'（下属如何，上级如何）。办公室里没有人敢向职员询问此事，因为他们必须始终确保自己舒适的座位安全。因此，每次我都会确信事情很快就会完成。同时，在我访问期间，让我感到惊讶的是，我碰巧看到了政府在庆祝善治周年。"他动情地继续说道。

"在这段时间内，官员已经更换多次。"说完这句话，他便叹了一口气。

他再一次显露出了怀疑。

"现在不是数字时代吗？似乎不再像以前那样对文件进行物理保存，进行有效的监督了。"普拉卡什先生保持沉默。

"令人惊讶的是，与此同时，办公室主任也因其出色的服务获得了奖励。作为这一切的沉默见证者，我的申请书正放在书记员的桌子上讽刺地笑着。"他說話了。

当他正与普拉卡什先生交谈时，店员来了。然后普拉卡什试图回来说，

"当我退休时，情况也是一样的。现在让我走，以后再见。"他出去了。

他向职员询问他的申请。店员一如既往地向他保证。

"很快就会完成。平安地去吧，先生。我会做"

听完保证，朋友往回走，回来又说，

"这个办公室里的人都有现实感。凡前来等候一切的人均可获得免费午餐。先生，吃完就走吧。"

他点点头。不过，他没有去吃午饭。他认为退休人员不应该接近有旧友谊的人。

走回去的路上，一些犹如政治乞丐一般的员工领导顺路过来见他，询问此事。他简短地回答，因为他知道他们没有时间了解清楚这件事。他们用鄙夷的目光看着他，笑了笑，然后快步走开。但他并没有失去信心，继续步行前往公交车站，相信很快会有人员为他的困境提供帮助。几天、几周、几个月……他徒劳地等待着，却没有任何答复。即使现在他也在无休止地等待答复……"

················

阿拉文德完整地读完了这个故事。服务故事总是实际发生的。因此，他很好奇想知道自己的申请状态。他的手机上有苏雷什先生的电话号码。于是，他立即打电话给他，告诉他晋升等情况，并询问，

"先生，您在区政府办公室等待处理的档案怎么样了？"

"有什么决定吗，先生？"

听到这话,他的声音变得粗哑,变得烦躁起来。

"这是洪水来临前两年所赐的。我甚至已经起草了答复,以供他们参考。他们只需要验证这一点。但还是没有任何动作。然后当洪水和疫情发生时,我的申请就变得毫无意义了。当人们试图挽救生命时,我的应用有什么意义?但现在一切都结束了。政府换了,从此我就不能再去办公室了。我必须从头开始参考一切,因为那个办公室发生了彻底的变化。算了吧",他叹了口气。"我仍在等待该办公室获得优质服务奖,同时也在等待处理我的申请,因为申请人已经不在了。直到让文件休眠为止。"

阿拉文德听到这个消息感到很难过。随后他讲了一些家里的事情,就挂了电话。他思考了一会儿,考虑了行政制度以及对出色工作的认可的徒劳性等等。可能还会有更多挽救生命的案例。谁在乎它?当他想起自己也是这个政府的一部分时,他感到有点害羞。

苏雷什先生的性格没有受到腐败的玷污。因此,对他有崇拜者,也有批评者。但他是众多他深爱的人中的一个。事实上,仅仅知道如何工作是没有用的,我们还必须学会适应机遇。否则,我们将不得不接受任何形式的损失。这样想着,过期的服务故事就被撕成碎片并丢弃了。

这是他在这名官员任职的最后一天。救援命令已收到。这时,各个工作人员都会过来和他告别。这是政府办公室里常见的景象。这种事情还会继续发生。

官方时间已经结束。他拿了所有文件,从座位上站起来,前往新岗位的下一个办公室

夜雨

日落。日光几乎已消失。暮光被迷住了。外面正下着雨。德维焦急地拉开窗帘，不时向外张望。过了一会儿，她看见远处有一辆车的灯光。

车子到达了院子。她的丈夫巴兰先生没有带放在车内的雨伞就从车里出来，爬到了阳台上，身上都淋湿了。德维走出来，用纱丽的边缘擦拭他的头和脸。

他走进客厅，坐在那里的沙发上。然后他微笑着拍了拍她的肩膀。她问他，"巴莱塔，你的忙呢，结束了吗？巴兰笑了。

"不，德维。我把所有人都留在了宾馆。食物也已经准备好了。"巴兰说道。

德维从他手中拿走了所有的文件并把它们放在桌子上。她拿起瓶子里的热咖啡递给了他。

"没那么必要。我和他们一起喝咖啡"。

说完这句话，巴兰坐在沙发上，喝掉了一半的热咖啡。他将剩下的给了 Devi。德维也和巴兰一起坐在沙发上。

"这不是一场好雨吗？我想着到时候会变得很热。"德维表达了对他的爱。巴兰继续说道。

"那里有多么紧张啊。DGM 也在那里。他们检查了所有文件。一整天已经过去了。幸运的是，没有出现任何问题"。

"怎么会有问题呢？"对于一个诚实、守时的人来说，还会有什么问题呢？"德维想。

"遗失了一份重要的登记册，想要追查已经太晚了。这就是紧张的情况。不管怎样，今天一切都结束了。明天也会有。这是一个为期两天的活动。"

当他坐在沙发上脱袜子时，他正在谈论办公室的事情，Devi 好奇地听着。

"Devi，我今天必须赶紧吃顿饭，让我去洗澡。之后我还有两个文件需要验证。"

德维赶紧去了厨房。不一会儿,巴兰洗漱完毕来到餐厅,开始吃她早已准备好的晚餐。

"我明天要早点走了,看完那些文件再睡觉。只有他们走了我才会平静。"

巴兰是该公司的分行经理。总部的副总经理和两名员工来这里进行每年一次的定期检查。吃过晚饭后,他拿起桌上的文件,开始查看。德维坐在他旁边,开始讲述当天的细节。

巴兰在工作之余,不时听到她的话,哼着歌,摇着头。说完,两人便回了卧室。Devi 深知 Balan 的忙碌与责任感。她也是他的牧师。同样,巴兰即便在繁忙的日程中也不会忘记询问她的饮食和健康状况。两人坐在床上继续聊天。他说道:

"你要按时吃饭,我不在的时候别犹豫吃。"

她微笑着坐在床上靠近他,开始用手指摩擦她的大腿。过了一会儿,她说:

"我把厨房的事处理完就来,还有点事。"说完她就又往厨房走去。

外面还下着雨。当德维做完厨房工作来到床上时,巴兰已经睡着了。她关了灯就去睡觉了。她用右手拥抱了他。然后她慢慢地把头和脸贴在他的胸口上。他胸前的毛发和身上的气味让她兴奋不已。

尽管巴兰几乎睡着了,但她的存在还是触动了他的灵魂。他醒来了,在半睡半醒中,用强有力的手抱住了她。

就这样,他们享受了那个夜晚。外面还下着雨。雨就是爱。与泥土融为一体,是深深的爱。爱上土壤的雨水,啜饮着爱,却不愿停歇。她怀着一颗美妙的心和热烈的爱意,躺在他的身边睡着了。

午夜时分,德维突然睁开了眼睛。然后她就暂时睡不着了。她慢慢地拉着他的手放到床上,就像一个母亲试图把婴儿从怀里抱出来,不打扰他的睡眠而把他放下一样,坐在那里。雨还在下，因为对泥土的渴望无法分开。现在，德维不仅是他的妻子，还是他的母亲。印度女性的不同态度！

那时，她开始记起许多与雨有关的事情。小时候，她常常坐在阳台上，好奇地看着雨水打在屋顶上，落在院子里，形成一个个小坑，落进小坑里的水像水晶一样溅起。院子里拦住水，就拿纸船在水里扎，看它漂在水面上。

在她学生时代，马拉雅拉姆语"Oru kudayum kunju pengalum"的故事让她非常悲伤。在冬季，许多儿童一方面遭受失业和贫困的影响，另一方面又遭受出行问题、各种季节性流行病、自然灾害等的影响。所以，虽然当时有雨伞等设施，但她还是很讨厌下雨，她想到了那些可怜的父母洗校服的困难。但夏天就只有这么一个高热的问题。

雨季期间政府会改变学校假期吗？如果学校假期有修改的话！没有人知道法院为何也休假。

这个国家难道还剩下许多未解的问题吗？德维想了很多事情，然后又躺了下去。外面的雨声还在。黛维睡不着觉。

对于很多人来说，雨是爱和幸福。但她一想到漏水的房屋、老人和病人等，就感到害怕。后来，当他们和向她求婚的表哥巴兰撑着伞沿着田野边散步时，她又开始爱上雨了。

当雨水爱上泥土时，对巴兰的爱也深深地扎进了她的心里。

躺在床上想着外面下着的雨的德维又陷入了沉睡。然后她听到闹钟才再次醒来。那时，天已经亮了。她躺在巴兰身边并再次拥抱了他。如果她醒来却没有告诉他，他会很失望的。她从来不会担心他，他爱她如同爱自己的生命一样。此时，巴兰也已从睡梦中醒来。

她恋恋不舍的起身，挣脱他的怀抱，将唇贴在他的额头和眼角，热烈的吻下。然后去厨房吃早餐等等。就像一个真正的女神！午餐应该准备好了，并在巴兰上班时交给他。例行公事开始了……

贵妇的哀悼

摩羯月今日寒意浓厚。周日早晨的懒惰仍未消失。身为大学讲师的 Leelawati 再次躺到毯子下休息。她的女儿吉塔正在厨房忙着准备早餐。外面下着雪。你可以听见隔壁房子的孩子们来捡南院树上掉下来的芒果的声音。

虽然她就那样躺了一会儿,但还是很不情愿地起身。这时,Geetha 已经端着床上咖啡过来了。他们一边慢慢吹着风,一边喝着热气腾腾的咖啡,享受着清晨的凉爽。完成早上的所有例行事务后，Lilavati 来到前面的沙发前，拿起当天的报纸，开始翻阅。

晚上她要参加一个关于"妇女

许多知名人士将出席"为他们的提升而赋权"活动。她现在在她女儿家。当她一边喝咖啡一边看报纸的时候，他们的目光突然被吸引到讣告栏上。令人惊讶的是，在那篇专栏里，她偶然看到了表妹纳莉妮耶达蒂（Naliniyedathi）的照片。

老师不可置信地看了又看。是的，就是她。她仿佛感觉到内心有一丝恐惧。没有听到任何人关于她的任何消息。她的结局是怎样的？想到这里，她坐在那里好一会儿，仿佛一动不动。

她的 Naliniyetathi 也加入了诞生在这个地球上的无数灵魂的行列，他们不知何故设法生存下来并躲藏在永恒的黑暗中！克里希纳内坦（Krishnanetan）是纳莉妮·埃塔蒂（Nalini Etathi）的丈夫，也是她的亲戚，就住在纳莉妮祖屋附近。Etathi 非常美丽、温柔，她大大的眼睛里总是流露出温柔。克里希纳内坦（Krishnanetan）是斯里达兰（Sridharan）叔叔的五个孩子中的长子。虽然他毕业于圣心学院，但他是一个非常迷信的人。他对这世上的任何生物都没有爱或信仰。除了他自己的家，他没有外面的世界。

那所房子里时不时就会发生争吵。大多数情况下，这都是为了一些愚蠢的事情。由她的 Krishnetan 制作。她碰巧从她母亲那里听到了这些，她母亲以前每次听到那里发生争吵时总会这么说。在私企上班的 Etan 做事很勤奋。他虽然吝啬，但是却很严格。如果家里发生争吵，那么几天内就没人能在外面看到伊坦的母亲。对于他们来说这真是莫大的耻辱。所以，没人敢质疑这一点。

他们的姐姐结婚后，他们立即向克里希纳内坦求婚。如果有人问起伊坦的争吵性格，他们会说："他出生在星期二的清晨。这就是他的愤怒。等孩子老了我们是不是就应该结婚呢？"那么就没人会说什么了。

父母假装没有看到伊坦心智的不成熟。否则他们能做什么？不管怎样，婚礼进行得很顺利。此后，情况开始恶化。生性自私、心胸狭隘的克里希纳内坦开始将自己的喜好和私利强加于那个女人身上。

在这种情况下，父母很生气。事实上，在忍受了丈夫的所有折磨和孤立之后，她一直试图在别人面前大笑。当纳莉妮（Nalini）不时回家与母亲苏巴德拉（Subhadra）交谈时，她总是坐在她们旁边听她们的谈话。她偶尔才会向母亲敞开心扉

Leelawati 仍然记得 Etathi 曾经对他说的话。他告诉她"我不想要这场婚礼。我需要一些钱。这就是我决定结婚的原因，因为我父亲告诉我的。"老师现在意识到他是一个自恋型人格的人。纳莉妮经常向母亲诉说她丈夫的行为问题，以及她如何将所有的担忧藏在心里，以免让家人感到不安。

父母很无奈，无法对这个经常为一些鸡毛蒜皮的小事争吵、折磨自己、哭泣的孩子说什么。但他们还是会责怪她，好像他们什么都不知道一样。很多次，即使她已经回到了母亲的家，他也会去那里大吵大闹，然后把她带回来。

因此，她的生活充满屈辱，也充满着身体和精神的折磨。

有一天，Leelawati 从大学回来时，Nalini 正在厨房的阳台上和她的母亲 Subhadra 聊天。苏巴德拉非常有爱心，如果她看到别人的担忧，她会很快同情他们。

当看到她时，Leelawati 以为 Edathi 可能是跑来寻求帮助的。听着母亲的责骂，他把书留在桌上，走到阳台上。

"纳莉妮，你家里有足够的钱，你没有任何问题。和你的孩子一起回家。如果他们没有罪恶感，他们就不会改变。没有其他办法可以摆脱它。为什么要过这样的生活？他们不是好人"。

"阿姨，我不想让他来那里闹事。"

"他之所以这样做，是因为你从一开始就隐瞒了一切，现在他不再害怕了。说什么都无所谓。妈妈回答。不管怎样，我很好

奇他的父母是谁，他们敢让他结婚。现在他们都团结起来了，不再打扰你了"。

苏巴德拉继续说下去并试图让她平静下来。过了一会儿，她就回来了。

这是多么无助啊。克里希南（Krishnan）相貌俊美，受过良好教育。但他的不成熟毁了一切。不管怎样，他很幸运，隐藏了自己的行为障碍，娶了一个富家女。Leelawati 也回忆了一段时间的那些往事。

在他们艰苦的生活中，她生下了三个孩子。他们都是在他的家人精心抚养长大的。

那时，Lilavati 已经因为结婚、工作等原因离开了家。

几年后，当她回到家时，她向母亲询问克里希纳坦和他的家人的情况。

"他还是和以前一样。但他会好好照顾他的孩子。"这对纳莉妮来说是一种解脱。"母亲回答道。

Leelawati 参加过许多研讨会，了解许多这样的人的经历。她问道。

"难道他的兄弟姐妹们没有足够的知识来理解这种粗鲁的本性吗？他们会不在乎吗？'妈妈坐下来，哼着歌。

"他们为什么要担心纳莉妮？当纳莉妮（Nalini）到来后，他们得救了。确实，他很自私。我曾多次建议她找人谈谈他的情况并找到解决办法。但她没有服从，因为这对她来说是一种耻辱"。妈妈继续说道。

当我们思考我们的社会时，她是对的。

正当她思考这些的时候，她突然想到时间在流逝。她又看了看报纸上的照片，又叹了口气。

她还记得，在之前的一次研讨会上，有人描述了一位与精神病患者生活在一起的女人的无助。

很多人以为嫁给这样不成熟的人就能改变自己的性格。但这是错误的，就像是向别人的生活扔石头一样。所以如果出现类似的事情，请不要犹豫，说出来。她说服了自己。

那么他们的孩子怎么办？'母亲去世后，她没有回过家，也不知道任何事情。这个人的去世对她的青春岁月产生了很大的影响，也对她的家乡的记忆产生了很大的影响。她感到十分悲痛。她还悲伤地指出，在女性的社会自豪感面前，法律往往不重要。

这时，女儿打电话叫她吃早餐了。她慢慢地从沙发上站起来，走了进去。

回家

时间是早上五点。闹钟开始嘟嘟响。马努不情愿地慢慢睁开了眼睛。突然，他发现附近躺着的人不见了。他感到有些失望，但很快又松了一口气。他感觉自己内心深处似乎获得了一点自由。他用毯子盖住自己，躺了一会儿，这才从床上起身。然后你就能听到 Chandretan 茶馆里摇茶的声音。

这是早已听到的声音。每天早上，都有一群人来这里，嘴里叼着香烟，手里端着一杯红茶，以此来"安慰自己"。正是在那个社区里，许多非常复杂的家庭问题得到讨论，有时也得到解决。诽谤也屡见不鲜。

马努的妻子拉基（Rakhi）总是最先听到闹钟响起就醒来。通常，当 Manu 几乎完成厨房工作时她就会醒来。那时桌上就会有热咖啡。马努像往常一样看着桌子。不喝普通的黑咖啡；

她确实说过"当我不在的时候，马努维坦知道我的价值"。

马努走进厨房，泡了一杯黑咖啡，然后来到前面的沙发前。天刚刚亮。Chandretan 的商店看起来很忙。捶茶声不绝于耳。他从出生起就见过那家茶馆。虽然时间过去很久了，但是那家乡村小店却没有什么变化。但有些事情也可以提一下。

自从有了新桥，再也没有那个身着凯里、头戴破帽、用长桨摇曳的船夫了。茶馆阳台上挂着的印有 Prem nazir、Jaya bharati 等人的电影海报，已经成为了回忆。还有一些其他类似的也被隐藏在这里。

Android 已接管一切。如今有什么变化？我们只需用手指触摸手中的手机即可阅读、观看和收听任何我们想要的内容！

马努喝完黑咖啡，把杯子放到厨房里。"Manuvetta Sambar 已经做好了，放在冰箱里。"耳边仿佛响起妻子的声音。对了，还有留着做蒸米饭的面团。

马努随后又恢复了日常生活。洗完澡后，他想，"今天我可以去 Chandretan 的茶馆吃布丁和花生"。

尽管 Chandretan 年事已高，但他的光芒至今仍不减。他有两个女儿。他们结婚并定居在不同的地方。现在，Chandretan 和他的妻子经营着这家商店。大女儿拉莉莎很少说话，一直在茶馆里帮父亲干活。放学后她就停止了学习，并继续学习。他们唯一的爱好就是偶尔白天去剧院看电影。那时，她爱上了在隔壁商店工作的穆拉利。直到他们结婚，没有人相信他们曾经相爱。美丽的小女儿也结婚了，坠入了爱河……因此，两个女儿的婚姻并没有成为 Chandretan 夫妇的负担。

马努走到休息室看看报纸是否已经到了。送奶工送来了牛奶并将其留在了屋子里。平时她不在家的时候都会说不要带牛奶。

这次发生了什么？不管怎样，马努把它拿走了并放进了冰箱。不然的话，她会很生气。

Chandretan 商店里的推杆和花生非常好吃。有时候当他独自一人这样的时候，他就想去那里吃它。过去，这家商店的主要卖点是 kappa puzhukku 和 undampori，但现在已改为 uzhunnuvada 和 pazhampori。小时候，每当他牵着母亲的手去寺庙时，他总是怀着憧憬往那家商店里偷偷望去……那里总是有一口黑色的火锅在火上冒着热气，上面放着一个染色的杯子和一个筛子。现在他用燃气来代替柴火。

完成早上的例行事务后，马努去了茶馆。店铺门前，一群人正严肃地交谈着。Sathyan Chetan 是这个团体的领导人，对世俗事务很有知识。当他们看到马努时，他们很高兴，并惊讶地问道，

"你怎么在这里？通常你不会来这里"。

"我老婆回她家了，今天就我一个人在这里。"

说了一会儿之后，马努走进了商店。店内摆放着钢制桌椅。他坐在那里的一把椅子上。Chandretan 带来了馅饼、豌豆和印度薄饼。马努非常高兴地享受着这一切。这家茶馆让 Manu 永远怀念。

站在店外的 Sathyan Chetan 大声说道，

"公共场所已经禁止吸烟。我们在这里吸烟要保密到什么程度？仅限早上。同样，让政府停止在公共场所扔垃圾。他们运走了多少腐烂的垃圾？他们不也是人吗？乱扔垃圾的人应该被抓起来并关进监狱。这是 Android 的时代。放眼望去，到处都是闭路电视和手机。解决起来多么容易"。然后另一个正在听的人说，

"这是正确的。如果你要求他们支付罚款，每个人都会支付。如果他们被抓到入狱，他们会因为差耻而留意。"

马努没有过多注意他们的谈话，只是喝着热气腾腾的茶。他把钱给了 Chandretan，然后走出了商店。沙蒂安

Chetan 继续谈论食品掺假以及购买后生病等情况。Sathyan Chetan 之所以如此愤怒，是因为他的妻子是一名铁路清洁工。马努想，'清扫垃圾不是一件容易的事。许多人在早上散步时都会手里拿着一个包裹，然后将其扔在荒凉的道路上。马努反问道，我们的统治者难道不可能通过在每个村委会安装清洁水源和公共厕所、科学处理垃圾、强制实施食品安全来改善我们的国家吗？

马努打开大门走了进来。"拉基可能叫我了。"他想。她打电话来是想知道我晚上是否睡得好、是否吃了早餐，或者是否按照她说的做了。离开这里之后，她会非常小心我的。不管怎么说，她不在家的话，差距就真的太大了。当她在那里时，甚至午餐饭盒都会被拿来放在我的包里。想到这些，他心里有些难过。

马努拿起手机查看。三个未接来电。心想由于这个第五等级的原因，什么也做不了，于是他拿起电话回拨了回去。她想念他。马努非常清楚这一点。

"那个 Manuvetta 是什么？"我打过多少次电话了？'她表现出了厌恶。当供应稀缺时，价格就会上涨。马努感到很高兴。

不管怎样，今天就让它去办公室吧，可以把所有未完成的工作都做完。他开始准备去办公室。Rakhi 已准备好穿他的裤子、衬衫等。她打电话给他只是想了解他是否去办公室了。对他来说这是多么的关心和爱护啊。然后，马努的心开始因对她的爱而融化。他立即拿起电话，打电话给 Rakhi，让他今天就回来。她突然同意了，仿佛很想听到这句话一样。然后他骑着自行车，平静地去了办公室。

她的深红褪色

第 1 部分

那栋房子前面的大铁门被推开,白色的本田思迪轿车带着轻微的响声来到了院子里。听到声音,她的父母高兴地赶紧跑到门廊上。

"来吧,孩子们,你们俩有几天没见面了?"

他们来到院子里迎接孩子们。看到自己的孩子,父母的眼里闪烁着喜悦的泪水。自从得知他们会来之后,他们俩从早上起就一直盯着大门。

他们的女儿维吉第一个开门下来,看到爸爸妈妈,赶紧抱住了他们。宽阔的院子里,栽种着各种花树,荫蔽美丽。站在院子里的树荫下,真是一种享受啊!多么美妙的感觉啊!她嗅了嗅,张开鼻子,品味着那里弥漫的气味和空气。多么怀旧啊!

这时,苏梅什将车停进车棚后,慢慢打开了车门。他拿着车里的一些包裹,大家一起去了门廊。

"叔叔和阿姨来看你了。他们现在就到达"。

"哦,好吧,让我们看看它们吧。"她分享了她的幸福。

维吉一踏上门廊，就感到非常幸福和平静。现在距离结婚才两个月的时间。

"来吧，苏梅什塔"她握住苏梅什的手，让他坐在沙发上。她也坐在他旁边

父母也和孩子们一起坐在沙发上。

"妈妈从早上起就一直盯着大门，因为她急着见你。旅行愉快吗？"父亲问道。

他们的谈话就像刚从长途旅行中回来一样。

"爸爸，路上真是堵车，要不然我们早就到了。"苏梅什回答道

"爸爸妈妈还好吗，孩子们？"母亲问

"哦，大家都很好"。苏梅什再次回答。

Viji 总体来说很开朗。事实上，她本身就是一个笑柄。她那长长的卷发、玫瑰色的胖乎乎的脸颊、以及额头上的红色Sindhoor 都会吸引每个人再次看向她。妈妈看着她的头发说道。

"我想给你豌豆粉。但后来我想下次就可以了。"

不管怎样，看到两个孩子都开心，他们就松了一口气。

"巴努赶紧给孩子们喝了点东西"。她的父亲向她的母亲询问。

妈妈赶紧去厨房，把冰箱里的芒果汁拿来给他们俩喝。然后她对苏梅什说。

"这是我们的芒果，我正等着给你们榨汁呢。"

非常甜。两人都迫不及待地喝着果汁。苏梅什的脸上突然变得高兴起来。

"你的病怎么样了？"维吉问她的父亲。

"这一切都不会有任何问题,我的女儿。我只是想看看你们是否一切都好。

"当我女儿住在宿舍时,她每天都会打电话和我聊天。每个星期,我的女儿都会回家。现在我已经有两个月没有和她开诚布公地谈话了。"父亲在心里想着。

虽然心里有些着急,但是脸上却没有表现出来。他们很担心女儿,让她熟悉新房子和新环境,甚至连一个电话都没有打扰她。他们记得,维吉不应该因为他们而遇到麻烦,于是他们说道,

"不要总是打电话,只有需要什么才打电话"。

"让苏梅什去换衣服,我要去厨房准备饭菜。"妈妈说,

说完妈妈就去了厨房。这时,叔叔和阿姨也到了。苏梅什(Sumesh)和维吉(Viji)与他们交谈后就回了他们的房间。妈妈和阿姨去了厨房。

正在研究阿育吠陀医学的维吉提出了很多建议。但是,当担任机动车部门检查员的苏梅什提出建议时,她的父亲说道。

"当她老了,就不会缺少 kotamchukadi(一种按摩油)。我们开始吧。"所有家庭成员都同意了。

直到那时,他们才想要一位阿育吠陀医生。现在,当他们听说这是一份政府工作时,他们改变了主意。是为了得到 kotamchukadi 还是当地的"chillera"(类似贿赂的东西)来吸引每个人来从事政府工作?或者像淘气的维吉说的那样,她找到政府工作后应该休假,因为她过去常常模仿一些演员?无论如何,这场婚礼很吉利

等她换好衣服的时候,姑姑和妈妈已经把茶和糖果摆在桌子上了。父亲和叔叔也在场。

"来吧,大家喝茶。"她邀请大家喝茶。

那里有她喜欢的所有糖果。Viji 开始贪婪地吃每一个。他拿了一些递给苏梅什。她一边喝茶,一边问妈妈。

"妈妈，我的右眼总是眨动。这是怎么回事？"

"这是一个不祥之兆；据说这是任何坏事即将发生的征兆。待续…

第 2 部分

喝着茶，父亲又开始询问他们的情况，寻找起来。

"工作怎么样？"

"父亲，没有时间做任何事情，总是很忙。当我下班回家时，她就不断抱怨。因为她没有工作，所以她听不懂我在说什么"

尽管维吉各门课程的成绩都很好，并通过了入学考试，但他的排名却略有下降。所以，他只被阿育吠陀医学录取。由于求婚是在课程结束前提出的，因此他们同意完成她的学业，然后确定了这桩婚事。一百零一枚帕万黄金和一辆本田城市轿车作为嫁妆。现在他正在谈论失业问题。不管怎样，大家都不再说话，开心地喝着茶。然后苏梅什又开始了。

"她总是想着回家。妈妈应该告诉她不要这样做。"

正如一些诗人所唱的那样，蜜月是我们能够通过彼此渴望和爱着来享受和倾注我们配偶的爱情和浪漫的甜蜜的时候！但现在她认为所做的一切都是错误。他们在心中想着。

"所有的女孩都是这样的。这么长时间以来，这难道不是她第一次离家吗？那就好了。"妈妈把这变成一件简单的事情。

这位阿姨就转移话题，说工作很忙。住在我们北边附近的邻居 Sreedevi 黎明即起，开始在厨房干活。她做完了所有家务，早上八点就去上班。然后，她的丈夫在去办公室的路上把孩子们送到托儿所。他晚上七点才回来。这将是多么困难啊，不是吗？

然后叔叔说，

"我想问一下，在我们这个拥有 3500 万人口的州，为什么政府只给一些无足轻重的人提供工作和所有福利，并让他们受苦呢？工作减少一半，工资减少一半，那么就有那么多人有工作，政府不就得到双倍人的服务了吗？现在一个人完成的工作应该分两班交给两个人。您可以一边工作一边照顾家人，其他时间还可以做其他工作，如务农、养牛等。而且人民的需要也会很快得到解决。每个人上班不都是为了养家糊口吗？不是吗？"

"说得好，叔叔。

叔叔说得对。但政府工作人员不会喜欢它。这是真的。每个人都喜欢减少工作量，但他们愿意减少钱吗？"苏梅什说。

谈话就此结束。

苏梅什（Sumesh）很享受所有的菜肴。无论何时得到任何东西，他都会耐心地坐下来慢慢吃。他对食物的尊重还是贪婪和吝啬？

当她喝完茶起身去厨房时，她妈妈说

"你去找苏梅什吧；否则，他会不会觉得无聊？"我已经把厨房里的工作全部做完了"。"对呀"姑姑赞同道。

维吉叫了苏梅什，然后去了院子。从大门到门廊的两侧，种植了各种开花植物。大门旁边的"神圣的母亲"九重葛似乎让她不知所措。通过触摸她种植和照料的所有植物，并与它们交谈，他们在院子里肩并肩地走着。他们俩都非常享受这些时刻。

那是一片宽阔的场地，场地中央有一栋古老的家族住宅。四面皆有围墙，且种满树木花草。她和所有朋友一起度过夏天的地方。在学生时代，她经常在地上奔跑玩耍，捉小蝴蝶等等。

难道这片土地上的所有人都不想再一次访问那个让我们回忆起所有美好往事的庭院吗？再一次？我们必须向 ONV 先生和他的同事表示敬意，他们将如此普遍的主题融入悦耳的歌词并呈现给马拉雅利人。但苏梅什对此事并不太感兴趣。不管怎样，他只是通过频繁的哼唱来听到一切。

他们在院子里闲逛了一会儿，然后在那里的柳树下坐了一会儿。如果有人看着他们，就会忍不住想起千禧一代之前，在塔马萨河畔，一对 Kraunja 双胞胎坐在树枝上聊天，浪漫地亲吻对方的嘴唇。此刻看到它们，任何人的脑海中可能都会不自觉地想起《罗摩衍那》的第一节诗句"Manishada…

阿拉利花已枯萎，散落在地上。当她看到它的时候，她感觉到维吉内心某处有一丝痛苦。她怀着温暖的心灵铭记着。她叔叔的儿子。他现在在国外。对于他的父亲和母亲来说，他就像她的亲生儿子一样。他们从小就一起长大。他们习惯坐在这棵阿拉利树下聊天。能说只是兄弟情吗？然后他几天没来，我就开始想着结婚的事了。他脸色阴沉。当这桩婚事确定下来的时候，两人难道不都感到失落吗？他们之间是否还保留着一份不为人知的纯真爱情？他始终对花蕾比对花朵更感兴趣，因为花朵中隐藏着芬芳和美丽。

待续…

第 3 部分

不管怎样，她都没有力气说出她想要他。如果是对他来说，完成学业后他就没有任何工作了。所以，他鼓励了她提出的这个建议。或许他认为，无论和谁一起生活，她都应该感到舒服。让他对她的爱如此永恒，同时，他或许也想过，他并不想拥有他所爱的一切。就像树下散落的花朵一样。

过了一会儿，阿姨和叔叔来到他们身边并开始交谈。他们分享了孩子的所有细节。

此时，厨房里正在快速的进行着做饭。有鸡肉、羊肉、Viji最喜欢的芒果pulisseri、甜菜根pachidi等。

过了一会儿，他们请大家吃饭。

"来吧，苏梅谢塔，我们吃午饭吧。"

她带着苏梅什走进餐厅。宽大的餐桌上摆满了菜肴。家里已经忙着为孩子们准备盛宴两三天了。上周正在清理房屋和周围环境。每一个父母最大的心愿就是让孩子拥有美好的家庭生活。满足他们的愿望！如今，一家人过得十分幸福。

"坐下。"我们一起吃饭吧，"女儿说。

当大家一起吃饭的时候，一杯水洒在了桌子上，碰到了维吉的手。她立即起身，拿布擦拭。

"妈妈，您没看到她有多粗心吗？"

"我不是无意间摸到了吗？我不是已经擦掉了吗？这真是一件大事吗，苏梅谢塔？"

"无论我说什么，她都会争辩"。

当苏梅什说出这句话的时候，没有人对此做出反应。尽管他伤害了她，但他仍然开心地继续着，就像什么事都没发生过一样。

"我们明天要上班，所以我们今天就得回去。"

"好，那晚上吃完饭就去。"两人开心的回答。

他的工作不应受到任何阻碍。父母心想。

至于维吉，她不想去。她明天不必去上大学。考试到了。她只是需要学习。但她该怎么告诉苏梅什呢？她不敢告诉他。她甚至无法忍受因一些愚蠢的事情而受到指责。尤其是在她父母面前。所以，她决定什么也不说。

与此同时，母亲向女儿询问了新房子的具体情况。

"他似乎总是生气，只在乎他妈妈说的话，但是当愤怒消散后，他就会充满爱心。"

听了这话，妈妈才放心了。她说，

"所有的男人都是这样的，亲爱的，这没关系。他很可爱。这就足够了"

尽管她这样对母亲说，维吉还是开始回忆她的经历。他甚至不明白她说的一个笑话。他不是为'Poly'学习的吗？他一定与多少人有过互动？那么他为什么不能理解我呢？难道他什么都不懂吗？我有一个习惯，就是从所见所闻中发现任何恶作剧。我经常和朋友说类似的话并且玩得很开心。但他？女孩们的生活就是这样的吗？这就是她们为了结婚而付出所有收入的原因吗？或者这只是她自己的经历而已？她可以向任何人询问此事吗？那时，她的心里开始出现许多疑问。

她又开始思考

第一天晚上，她就怀着这样一颗热血沸腾的心走进卧室。苏梅什（Sumesh）并未表达任何爱意。他们整个晚上都玩得很开心。但苏梅什的一句话却震撼了她的心。

"我收到过很多提议。其中大部分都是官员。但我父亲喜欢的是你。我是在父亲的强迫下嫁给你的。"

她一听这句话，只感觉脚下的泥土仿佛被冲走了一样。然后她想问，"既然有你喜欢的人在那里，为什么还要来烦我？"

苏梅什（Sumesh）家里有两个孩子。哥哥是苏梅什（Sumesh），妹妹是苏什米塔（Sushmita）。Sushmita 已婚，现在住在她丈夫家里。她有时会给维吉打电话。

苏梅什（Sumesh）在另一个家庭出生并长大。住在他祖父家隔壁的兄弟很爱吵架，很久以前就和他们发生过边界纠纷。以前，他们每次建栅栏时都会发生一场大争斗。他们过去常常开玩笑地互相叫双名。即使另一个邻居也是他们的亲戚，但他们大多对另一个家庭忠诚。苏梅什就是在这样的环境中出生、长大的。拉锯战始终持续不断。苏梅什在心里与其他人都保持着距离。但他们的女儿却恰恰相反。她是大家的宠儿。她很容易和任何人相处。她一边唱歌一边跳舞，成长着。有一次他们大吵了一架，说是他上高中后偷看了隔壁那个女孩。那件事发生之后，他们就搬到了现在住的地方。这是一栋漂亮的房子，周围有墙和大门。来到这里之后，他开始变得喜欢吵架，而且容易突然发怒。

待续⋯

第四部分

他具有长子的一切特征。他陪同母亲去寺庙。他在厨房帮忙。他的母亲大部分时候都会和儿子分享邻居们的所有细节。虽然他一直和母亲在一起,但女儿却花时间与大家在一起,赢得了大家的爱与关怀。但他不太喜欢有人在他面前夸奖她。

有一次母亲向父亲抱怨他的性格,他却责怪她。

"别怪他,这都是你的成长经历造成的。"她当时就保持沉默。

他们在养育他的时候难道没有考虑过孩子的智力发展吗?女儿按照自己的喜好长大,不会干涉任何不必要的事情,成为了别人的宠儿。

不管怎样,他学习很好,并且以高分通过了理工学院。然后他去参加 PSC 辅导。他以优异的成绩通过了PSC 考试。而且他很快就找到了工作。从各方面来说他都是幸运的。现在感情很好也娶到了老婆。

中午叔叔和阿姨离开后,她妈妈告诉他们,

"他不是工作很忙,不能经常来吗,你们两个去我们任何一座寺庙吧。"

傍晚,两人又前往附近的 Bhagwati 寺庙。她站在 Sreekovil 面前,双手放在胸前,心里向 Bhagwati 祈祷

"我的女神,请永远保护我们"。

当她睁开半闭的双眼,看向女神像的时候,却发现女神像的周围,弥漫着一股非凡的气息!女神面前的照明灯似乎突然变得更加明亮。仿佛女神有话要对她说!或者只是一种感觉?她十分惊讶。

"巴嘎瓦蒂,请保佑我们平安"。她在心里再次祈祷。

他们俩都收到了 prasadam,并向 poojari 赠送了 Dakshina。

"你经常来这里吗？"苏梅什问道。

"当我回家时，我至少要来礼拜一次"。

"我在那里感觉浑身暖洋洋的。非常棒的经历！"

"如果我们呼唤，这位女神就会立刻回应我们的呼唤。信徒们在这里有过许多这样的经历。我们随时都可以来这里，苏梅舍塔。"她很兴奋。

他们给孩子们送完晚饭后就把他们送回家了。妈妈给了她特制的椰子油和扁豆粉。另外，还有一些建议。"你应该每天用油洗澡，照顾好你的头发，照顾好你的身体，做他想做的事，听从你的父亲和母亲，那里现在是你的家，即使你不喜欢也不要说任何话……等等。"母亲的建议继续说道。

她已经听过很多次了，但她仍然默默地听到了一切。

Viji 在社交媒体上很活跃。她做了很多"TikTok"。很多事情都已经广泛传播。婚后她还没能做任何事。对于苏梅什来说，所有这些都像是淫秽的东西。她曾经想加入 Sumesh 并从事 TikTok 等业务，但很快就意识到这是不可能的。他工作很忙。他下班后总是很晚才回来。

几个月过去了。Viji 正在尽可能地适应 Sumesh 的特点。可以说，苏梅什能娶到她是幸运的。如果是其他人，现在的情况就会有所不同。

期末考试临近了。必须支付考试费用。大学费用和其他费用也必须随之而来。她已经把那时所有的钱都花光了。所以当她问苏梅什时，他很生气。他不喜欢为她花钱，如果她要求花钱，他就会大吵大闹，忘恩负义。这是一种勒索

"你家里又没给过我钱，你要的话自己在家里要，别看着我。"他生气了。

维吉感觉自己像被人打了一巴掌。她带来了一百零一枚帕万金币、一辆本田汽车、配套的衣服以及所有其他昂贵的礼物。她

花了一个月的时间才吃完从家里带来的阿恰帕姆、科扎拉帕姆等甜食。然而，苏梅什还是这么说了。

当她住在宿舍并需要钱时，只要她父亲一打电话，他就会立即以任何方式给她钱。

"我要再问问家人吗？我该说什么、问什么？"她想，"还有这样的人类吗？"她很想知道。

最后，她告诉了苏梅什的母亲。

"他说得不对吗？家里又没给他零花钱，而且你家里的东西都是你的？问问他们并没有什么错。不管怎样，我会问他的，"妈妈说。

后来她听到了母子俩之间的一些谈话。无论如何，苏梅什支付了费用。维吉处于这样的境地，她不知道该怎么办。她老公这么粗鲁吗？想到这些，她心里非常失望。她把迄今为止的所有钱都花光了，不管是为了什么，也不管给谁。但现在她什么时候需要钱了？

研究很多东西都需要钱。她觉得向他借钱不好意思。同时，有一天，当她的父母来看她时，她要钱，他们就把钱存入了她的账户。

因此，当苏梅什再次开始在每件事情上花钱时，她感到很着迷。他会用她的钱花很多东西。那么，那时的他会是怎样的一个模样呢。苏梅什在剥削她吗？她开始对他产生怀疑和怨恨。她甚至不想和他说话，只是保持着冷漠的态度。看到他急于花她的钱，有一天她问道。

"如果你没什么可以为我花的话，那你为何要娶我呢？"他听了这话，跳起来辱骂她。

待续…

第 5 部分

"你说什么？你长大了会来质问我吗？"他一边这样喊着，一边用手掌在她红红的脸颊上用力打了她一下。

她大声哭了起来。他再次殴打了她。

她是父母唯一的女儿，父母没有给她带来任何伤害和痛苦，把她抚养长大，直到今天。现在，她白皙的脸颊上留有他的手印。唉！可怜啊，她竟然遭到了娶她的人的身体虐待？

一边是遭受殴打的痛苦，另一边是得知他人遭受殴打后的羞耻。他的父母听到她的哭声和声音后跑了过来。

他焦躁地走来走去。当他看到父亲时，他开始呻吟起来。

"我不要她，我不要她，是你们逼着我把她绑起来的。我从来没想过她会来跟我争论。我不会放过她的；只要我活着，我就不会让任何人告诉我这些事情。"

他一边这样喊叫，一边力气越来越大，举起双手向她冲过来，站起来似乎要打她。他的父母站在她面前试图阻拦他。

"把她从这里带走，马上带她回家。"妈妈的建议。

"快下来，我现在就可以开车送你回家。"他大声喊道。

这时他的父亲提高了声音说

"没人会去这里。让她留在这里。你去上班吧。"

苏梅什走出了房间。父亲有一些知识。他很清楚他的儿子被指控了。

维吉上床睡觉并哭泣。她关上了门，但没有锁，因为怕被踢开而引起骚动。今天是她要去上大学的日子。她开始因愤怒和痛苦而颤抖。

"与任何其他员工结婚就足够了。这些问题本来就不会发生。她还需要很长时间才能开始以医生的身份赚钱。"母亲也显得很恼火。

"别这样,你不是有这样的女儿吗?你必须停止。"父亲斥责并开始劝告她。

苏梅什在经历了一番吵闹和争吵之后,就像是产后的阵痛结束了一样,平静了下来。她躺在床上,试图一一回忆起自己所学到的知识。患有各种精神障碍、行为障碍和学习障碍的人。一想到有那么多人,她的心里就闪过一丝恐惧。天啊,这一切都是那样吗?'我的女神,这为什么要考验我?'我做错了什么?她打电话给德维并哭了。

她又想起来了。订婚后,他们打电话时说话多么有礼貌。并不缺乏调情。可是她难道就没感觉到,他没有心思去尊重别人吗?

她躺在那里,不停地翻着身,思考着这一切,没一会儿,就睡着了。

过了一会儿,岳母过来叫她。

"去洗个澡,吃点东西。别跟他争论。他只是太愤怒了。他非常有爱心,而且很傻。"

她什么也没回答。她曾经说过她的儿子不成熟,现在她承认了!

与此同时,苏梅什洗了澡,吃了妈妈给他做的早餐,然后去上班。

她想着一切,呻吟着,哼着,翻来覆去,睡到中午。站起来后,她开始思考。

"我要不要在家里说?说了他们不会尴尬吗?他们不会担心吗?最好没人知道。"

她没有和任何人说话,从厨房拿了一些食物就吃了。

她所遭受的精神痛苦比身体痛苦更为严重。至今为止,她还没有给自己或家人带来任何耻辱。如今她却遭受诽谤,这是多么糟糕的判决啊!

然后公公走到她身边并说话了。

"他来的时候,别打架。他会忘记这事的。有时他很生气。就这样。他很有爱心,也很听话。不要给他讲任何笑话。就留在这里看着我们大家。别试图争论。如果你还想要别的什么,就去做吧。"

父亲为了避免任何问题而做出的愚蠢行为。如果他自己的女儿的生活如此如此,他会怎么想?她对他感到鄙视。

晚上,苏梅什像往常一样下班回来了。进了房间,换了衣服。他父亲说得对。对于所发生的事,他的脸上并没有露出这样的表情。她正坐在床上。他走到她身边并坐下。他握住她的手。他抚摸着她的脸说道。

"你需要多少钱我都给你,别担心"。她当时就忘记了一切,靠在他的身上低声说道。

"我爸爸和妈妈还没有打过我。那是去上大学的日子。我不能去。我很痛苦"。泪水顺着她的脸颊流下来"

苏梅什的脸色突然变了。他心情激动,大声说道。

"如果有人真的虐待我,就会这样。一切都是因为你的行为

"Thonnyasa 和 Pokrittara。一切都是你的本性。我不会允许任何人教我任何新的做法。"

待续...

第 6 部分

现在维吉明白了一件事。苏梅什来找她并不是因为他对所发生的事情感到后悔或内疚。无论她怎么想,她做错了什么才会挨打,她都无法理解。这是什么?她捂住脸哭泣。

他站起身来,再次大声喊道。

"你最好呆在家里。我饶恕你,只是因为我考虑到我家族的荣誉。"

听到这话,她最后的期待也破灭了。没有什么值得期待的事情。她几乎清楚自己生活的轮廓。后来她就变得冷漠起来,几乎沉默不语。

就在此时,她妈妈的电话打来了。

"哦,妈妈,"她带着非常高兴的表情拿起电话开始讲话。

"我很好,妈妈,大家都很好。我今天没去。早上起床时我有点头疼,所以一直没有缓解。我休息了一下。苏梅谢坦下班后过来喝茶。亲爱的爸爸怎么样了?"

母亲把手机交给了父亲。她建议他注意身体健康,每天散步。聊了两分钟后,她挂了电话。

那时,泪水开始从她的眼眶里涌出。

听到电话铃声,三人侧耳倾听。她想,幸亏他没有把它拔起来。然后她起身给他倒了些茶。

苏梅什的姐姐时不时会打来电话。但这次事件之后,电话就断了。她为什么要孤零零地呆在这所房子里?她很担心。

如今的维吉已不再是昔日的维吉。她不怎么和任何人说话。尤其是对他来说。没有讲笑话。即使如此,他还是会指责,

"你的舌头最近怎么了?"

"苏梅谢塔,没什么特别的,我能说什么呢?"她表现得漠不关心。

当他不在家时,她就专心学习,并将时间花在社交媒体上。

日子就这样过着。有一天,她给父亲打电话,得知父亲头晕,被送往医院。他没有详细地说什么。现在他多次说自己头晕。她感到不安。他老了,会不会出什么问题了?她越想越担心。由于是假期,苏梅什待在家里。

"苏梅谢塔，我妈妈说我爸爸身体不舒服。我得回家了。"

"你父亲怎么了？"

"妈妈说他头晕，这种情况已经出现过很多次了。我们去看看吧，苏梅谢塔；"

"没人感到头晕吗？吃药就会消失"。

"不，埃塔，今天不是有空吗，我们走吧。"她坚持道。他生气了。

"那通电话本身就意味着，再也不会有人从这个房子打电话了。"然后他站起来并拿走了手机。如果他生气的话，他的身体强度也会增加。

但她没有放弃，再次坚持说"我想去"。她没有感到任何害怕。

"如果我现在告诉你不要走，那就不要走，你知道我手上的温暖"

听到他们的谈话后，父亲和母亲介入了

"如果你没时间，就让她一个人去吧"

起初他不愿意，但后来他同意离开。

"你最好的车就躺着，叫个司机走吧"。

他一遍遍的嘲讽，她却毫不在意。现在听说他有两三次身体不舒服。他可能有问题。她的全部注意力都集中在父亲身上。她换了衣服，独自离开了。爸爸和妈妈一句话也没说。这就像一个耳语在说，"她对父亲的爱难道不应该让她一个人去吗？"他说最好的车就停在那里。想到这里，她心里又气又难过，但心里想的却是他的父亲。

当她到家，见到父亲，了解了详细情况后，她感到很安心。她查看了医生开的处方。她查看了他，因为她知道。

"苏梅什，你为什么一个人来，他为什么没来？今天不是放假吗？"

"办公室里有些忙。他父亲和母亲叫我一个人去。我无法判断苏梅谢坦何时会到来。所以，我就一个人去了。我被告知如果有任何困难就可以打电话。"

"但是是的，他是一个有爱心的人，"父亲说。

"就这样吧。"她在心里说。

无论发生什么，只管带他一起去"，妈妈建议道。

Viji 当天就叫了一辆 Uber 出租车返回。他的父亲或母亲苏梅什不喜欢这样来来往往。

"他怎么样了？"

"没事，他在休息。"她没有进一步解释。

"那么，这不是他想见女儿的诡计吗？"他再次讽刺道。

她没有假装听到。

待续...

第 7 部分

日子又过去了。苏雷什将照常去上班。有时他们俩都会出去。无论她去往何处，都会有冲突。她已经从心理上适应了这种情况。

他总是低声和父母说话，不让她听到家里的所有细节。这房子里到底有什么秘密？她有点惊讶

如今，家里一般不会公开谈论什么。没有争吵，没有喧闹，但却失去了爱的氛围。生活正慢慢变得自动化。现在她没有告诉他她的任何愿望。同时，她满足了他所有的愿望，而没有要求他做任何事情。这就是苏梅什很高兴的原因。她听说过去"Seelavati"常常把她的麻风病人丈夫扛到妓院。她非常明白，苏梅什心里一直怀有这样的 Shilavati。与此同时，她也小心翼翼，不去激怒他。

与此同时，她的同学、好友雷米亚的婚礼也到来了。苏梅什（Sumesh）是她特意邀请的。他们决定一起去。但她必须给她一些贵重的礼物。她给自己的婚姻送了这样一份礼物。

"我们不想在这里玩送礼物的游戏。如果你愿意，你就去参加吧，我也没有得到任何人的任何东西。"

另一位她熟悉的阿育吠陀医生也将与他最好的朋友结婚，她坚称自己无法避免这一点。

她说："如果你没有，我可以从我父亲那里买。"

起初，他要求母亲保留她结婚时收到的所有珠宝。后来，Viji 的在银行工作的阿姨介入并帮助他们将其存放在储物柜中。她带来的所有珠宝都放在他的储物柜里，他独自驾驶着她的本田思迪车，而她却连公交车费都付不起。有这样的人生吗？她深深地呼出一口气。

有一天他在某个场合说道。

"来过多少求婚的人？尽管我有这么好的工作，但我的命运就是得到这辆老式汽车。"

她没有回应，因为她熟悉这样的对话。而且她根本就不知道丈夫的工资有多少。她没有这样的愿望。她尽量顺从他的意愿，以免在别人面前丢脸。

而且，她也意识到，他这辈子不太可能再有足够的常识去了解同胞的感受了。

但无论我们多么坚持，有些时候我们还是会变得软弱。她不太明白关于现在这辆旧车的笑话。她说，

"如果这是一辆旧车，为什么不把它还回去再买一辆好车呢？"

"你在开什么玩笑？你在跟我开玩笑吗？这是一辆很脏的车。有很多好车。请记住，我是一名车辆检查员。我每天都会看到什么样的汽车？你父亲能给我一辆好车吗？让我在没有工作的情况下嫁给你，真是我的慷慨。如果你有礼貌并且听话，你就可以留在这里，否则就不行"。

然后，他激动地说出了这句话，用那只强有力的手给了她一拳。那一刻，不知不觉中，她心底发出一声"恶"的呐喊。她没有感到任何羞耻。

"你这个恶人是谁，你敢说我恶人吗？"苏梅什再次说道。

"你为什么生气？"她喊道。爸爸和妈妈听到声音跑了过来。

"发生了什么？"

"我一秒钟都不能和她一起生活。你们不都绑在我的头上吗？她一秒钟都不该出现在这所房子里。拿起电话打电话叫他们把她带走。"

她的父母也老了。如果他们听到这个？听到这个消息她非常难过。她从那里站了起来。

她说："不用打电话给他们，我走了。"

但他拿走了她的手机并给她父亲打了电话。

"如果你想要你的女儿，最好立即把她带走。我们不想把这个混蛋留在这里，够了。"说完这句话，他就挂了电话。

电话开始不停地响起。这是从她家来的。他没有接过去，也没有回答。他也不允许她触碰它。她开始哭泣。

待续...

第 8 部分

身体虐待、羞辱和家庭状况。她根本不敢去想这件事。真是无助的处境。她一个无辜的人,怎么能承受这一切?

当她住在宿舍的时候，如果哪天她不接电话，她父亲就会飞过来。如果她的脸枯萎了，他们将无法忍受。这么一个养尊处优的宝宝，竟然被他这样折磨。多么不幸的命运啊！

女子不就是因为这个才被称为阿巴拉吗？难道她就不能成为阿巴拉吗，因为她像男人一样拿着很重的驾照，或者爬上一棵椰子树？

至于维吉，无论是从外貌还是行为举止上，都完全没有新一代人的特征。阿育吠陀是查图吠陀的一部分，也是她的研究课题。她的脸上总是洋溢着神圣的神色。

苏梅什的父母看到维吉的哭闹声感到非常惊讶。怎么办，怎么办，也没办法。维吉无助地躺在那里。他们会对她的父母说什么？向他们隐瞒一切这么久是错误的吗？

大约一个小时后，她的父母和她的叔叔以及社区领导来到了那里。

三个人极其厌恶地夸张地讲述了她的争吵、争论、感受、不服从等情况。

"如果她品行端正，我也会品行端正。不然的话，我会让她看到我的真面目。'如果礼貌的话'，我又这么说了。"他正在喊叫。

"如果这里的情况是这样，最好把她带回家。"她的父母痛苦而失望地说道。

他们对所有事情进行了长时间的讨论。由于羞耻，她仍然没有谈论他身体上的伤痛。因为他的邪恶本性，她不断受到羞辱。最后她只好公开说出他性格傲慢，生气时暴力，总是吵架。她还透露，她没有告诉父母，是为了不让他们担心。

看到当时父母那可怜的表情，很是让人同情。

"一名优秀的政府公务员。出去工作赚取薪水并照顾家庭。他不喝酒、不抽烟，也没有什么不良习惯。"父母正在描述儿子的性格特征。

经过长时间的讨论,调解结束时,苏梅什告诉他们,他非常爱维吉,不想离开她。对他来说只有一个条件。'不要争论。'难道他就没有始终如一的性格吗?

维吉还解释称,此次冲突的起因就是那辆车。

"只有当他生气时才是问题,否则就没事了。我不想离开。"

她也对他们说了同样的话。她这样说是因为她心系父母。这小姑娘,哪来的这么大的力量?

领导听完之后,觉得'这就是所有女孩都会犯的错误。他们心怀羞耻,忍受一切。她家里缺少什么?但是对社会的恐惧和不想让父母担心的想法。为了这个她忍受了多少啊!'

贪图金钱和物质享受而抛弃佛法,不正是当今社会一切烦恼的根源吗?我们的社会为什么不这么认为呢?老年人首先应该知道,人生需要多少道德思考才能平和,人生中可以有多少欲望……

调解现已结束。但她的家人仍未获悉任何消息。他们决定给我换一辆车。由于两人都不想分居,仲裁员很容易就做出了决定。不幸的是,没有人提及他遭受身体虐待的事。不管怎样,他们都发现了一些"拼写错误"。

最后劝两人别把小事闹大,以后做事都要小心谨慎。

Viji 的妈妈想带着她的女儿一起去。那位母亲非常害怕。她不想让她在这种情况下留在那里。在这种情况下,谁能平静地回去呢?

"但那就让他们俩去那里待两天"。

大家再次做出了决定。苏梅什也同意父亲的强迫行为。他就没有这么稳定的性格。但他的母亲却心存疑虑。

不管怎样,那里的所有问题现在都已经结束了。唯一的遗憾就是,她无法参加她最渴望的婚礼了。

日子还是一如既往的过着。苏梅什（Sumesh）没有发生特别的变化。但她无法忍受自己不安宁的生活被众人所知。这比她身上的疼痛更让她烦躁。

他的贪婪和自私。如果得不到很好的满足，他就会生气。他的爱与恨确实缺乏活力。他的话不可信，也不能诚实地说出任何话，因为他缺乏稳定性。谁知道他什么时候会喊出这些话？这是她得到的他的最后一张照片。

她慢慢地变得像个洋娃娃一样。现在甚至连一个可以开诚布公交谈的人都没有了。

不管怎样，在那天的调解中，她被允许每天打电话回家。她总是会打电话给父母，想让他们安心一点

一天，她从大学回到家时已经很晚了。那时苏梅什（Sumesh）已经到达。他正不耐烦地等待着那里。

待续...

第 9 部分

"你到现在都去哪儿了？"考试不是5点就结束了吗？关机了手机去哪儿了？"他质问道。

她在公交车站等了很久之后感到很累。她的电话已关机。只要说她赶不上公交车就够了。但这个严厉的问题却激怒了她。

"您是否因为我刚到就开始责怪我了？你不知道我还在上大学吗？

"让我喝杯水。我的喉咙很干。"

说完她就去厨房拿了一杯水。就在那时,他飞快地跑过来,把她手中的玻璃杯打掉了。

"我不是问你去哪儿了吗?你不回答我,是不是想糊弄我?"

"天哪,我来这里是为了喝水。我的女神!甚至不允许我在这里喝一杯水。"

她用手捂住头,坐在厨房的凳子上哭泣。

"我是坐专线巴士来的。我不是开车出行。赶不上公交车了。你这不是自己开我的破车吗?"

当他听说这辆车的时候,他再次震惊了。

"是啊,就是你的坏车,你还有什么怀疑吗?如果你再开口说话,你的末日就来了。"说完这句话,他就跑到她面前,狠狠地踢了她一脚。

她从凳子上摔下来,躺在了那里。然而他的怒火仍未消散。他又一次踢了她的大腿。她尖叫起来。

"我会拿起电话报警。你们三个人都会陷入这个女人的折磨之中。但我不会这么做,因为我也为此感到羞耻。"她尖叫起来。

当他听到这话的时候,他也控制不住自己,抓着她的头发把她拖过来,用强有力的手狠狠地打她的头。她摔倒了并昏了过去。他不理会她,又开始大声叫喊。

"你来这里不是为了让我们都进来吗?真是个好主意!我不会让你去这里任何地方。"他说这话的时候,已经气喘吁吁了。

当没有听到回应时,他看着她。他看见她静静地躺在地板上,一动不动。看到这一幕,他顿时感到恐惧。他悄悄地向厨房楼梯走去。过了一会儿,他没有听到任何声音或呻吟声。他慢慢地走到她身边,把手放在她的鼻子上。没有呼吸。沒有存活的迹象。他非常震惊。然后他出去了，心里默默地思考着该怎么办。

这体现了反对妇女暴力的法律的实用性！

最近他的父母如果听到一点小争吵，也不会干预。但现在他们来看了，因为他们听不到任何声音或动静。唉！那对老夫妇看到那里的情景，惊呆了。

随后她被送往医院。至此，"她的故事"已经结束了。那么那里发生的一切事情都是可以想象的。

一切合法行动均由警方采取。苏梅什因嫁妆致死案被捕并被还押。他的姐夫和姐姐竭力将此事描述为一场意外，说她掉进了厨房，摔倒了。

但那位年迈的父母却无法长期忍受谎言。情况证据完全对他不利。尽管苏梅什脾气暴躁、行为不成熟，但他对待家人却非常真诚。所以，他们不能忍受这种情况。全家人都徒劳地放声大哭。没有人可以帮助他们。法律程序照常进行。Viji 的父母怎么样？他们的状况非常悲惨。他们非常失望地哭了起来，后悔不已，在怀疑女儿安全的情况下仍将她留在原地，这要为女儿遭遇的灾难负全部责任。她的母亲 Bhanumati 住院多日。她变得精神错乱，花了好几天才恢复。她在国外的表哥并不知道她不在家，就赶来帮助他们。他通过呼唤她来表达哀悼，使在场的每个人都哭了。

"维吉，你没有我吗，为什么你抛弃了我们所有人？"在场的人们竭力阻止他接触她的尸体。

我们的媒体，包括社交媒体，连续几天都在发布各种猜测性的新闻，以及悲伤的人的各种姿势，就好像"我在前面，我在前面"一样。

但他们的一些近亲之间却开始互相说闲话。没有什么伤口是时间无法治愈的。过一段时间，它们肯定会恢复正常。这个消息对他们来说不会很痛苦吗？将自己的无助暴露在大众面前，是我们的启蒙吗？这社会的从众心理啊！

几天过去了。苏梅什因滥用嫁妆而受到惩罚。他被停职了。

谁应该为这场悲剧负责?是苏梅什吗?他是一个贪婪、吝啬、没有能力接受别人的人?还是维吉明知自己的丈夫脾气暴躁、没有道德,却仍认为离开他是一件可耻的事?或者是她的父母没有询问女儿的情况就把她嫁了,只考虑他的政府工作,甚至没有完成她的学业?还是他的父母没有教导他以宽广的胸怀、接受和尊重所有人,过上有道德的生活?各类讨论在各大媒体上持续了好几天。

几个月过去了。维吉的父母现在正走在奉献服务的道路上。他们大部分时间都在不同的地方朝圣。他们也在做慈善工作。精神生活使他们现在有了新的版本。但是苏梅什的父亲无法忍受这种情况,因为他对儿子太过依赖。他不久前就离开了这个世界。他的母亲被女儿苏什米塔(Sushmita)带走。他们正在以某种方式离开他们的日子。该案件仍在法院审理中

让法令和判决由法院来做出。剩下的部分,我们稍后再看吧。

結束。

关于作者

雷努卡 KP

Smt Renuka.KP 是喀拉拉邦埃尔讷古勒姆区 N.Paravur 人，是已故 Sri.Parameswaran 和已故 Smt.Kousalia 的女儿。获得经济学学位后，她进入喀拉拉邦政府部门任职，并于 2017 年以税务专员身份退休。现在，她积极参与开放平台 Pratilipi 的网络写作，并因其故事获得了奖状。她还参与社交媒体并拥有自己的 YouTube 频道。她清晰地展现了她对社会和文化事务的看法，特别是反对针对妇女的家庭暴力。她目前与丈夫（退休助理经理）住在阿鲁瓦。她有两个孩子，他们都已结婚。她的大儿子在英国当工程师，女儿是一名牙科医生，目前居住在班加罗尔。

www.ingramcontent.com/pod-product-compliance
Lightning Source LLC
LaVergne TN
LVHW041553070526
838199LV00046B/1947